中國的大詩人，

為我們留下了不少美麗詩篇。

我們看看這些大詩人，

如何寫出感動人心的詩句。

◎ 責任編輯　余雲嬌
◎ 裝幀設計　鄧佩儀
◎ 繪　　圖　鄧佩儀
◎ 排　　版　鄧佩儀
◎ 印　　務　劉漢舉

詩之教系列　②

隨大詩人
細味人間情

策劃 | 陳萬雄

編著 | 小白楊工作室

編輯成員 | 蔡嘉亮、黎彩玉

出版 | 中華教育
香港北角英皇道 499 號北角工業大廈 1 樓 B 室
電話：(852) 2137 2338　傳真：(852) 2713 8202
電子郵件：info@chunghwabook.com.hk
網址：http://www.chunghwabook.com.hk

發行 | 香港聯合書刊物流有限公司
香港新界荃灣德士古道 220-248 號荃灣工業中心 16 樓
電話：(852) 2150 2100　傳真：(852) 2407 3062
電子郵件：info@suplogistics.com.hk

印刷 | 韶關福同彩印有限公司
韶關市武江區沐溪工業園沐溪六路 B 區

版次 | 2023 年 7 月第 1 版第 1 次印刷
©2023 中華教育

規格 | 16 開（244mm x 215mm）

ISBN | 978-988-8809-82-0

隨大詩人
細味人間情

陳萬雄　策劃
小白楊工作室　編著

中華教育

目錄

詩人孟郊即將離開家鄉到京城考試。
臨走前，年老的母親還在一針一線為詩人縫製衣服，
心裏憂慮着詩人不知甚麼時候才回家。
詩人十分感恩，寫下這首千古流傳的慈母頌。

遊子吟

孟郊

慈母手中線，
遊子[1]身上衣。
臨行密密縫，
意恐[2]遲遲歸。
誰言寸草心[3]，
報得三春暉[4]。

1 遊子：離家遠遊的人，這裏指詩人自己。
2 意恐：擔心。
3 寸草心：寸草，小草，比喻子女微小的心意。
4 三春暉：春天的陽光，比喻母親對子女深厚的恩情。

慈母愛

詩歌結尾兩句寫母愛像春日陽光那樣溫暖，而子女就像沐浴在陽光下的小草。世上的母親對孩子的愛都是無限的，她們不辭勞苦照顧子女，為人子女的應該好好孝順母親啊！

詩人曹植自小聰明，深得父親寵愛，令哥哥曹丕很妒忌。
後來曹丕做了皇帝，命令詩人在七步之內作詩一首，否則殺了他。
詩人隨即唸了這首詩， 讓哥哥良心發現，放過親弟弟。

七步詩

曹植

煮豆持作羹，

漉豉以為汁。

萁在釜下燃，

豆在釜中泣。

本是同根生，

相煎何太急。

① 持：拿來。
② 漉：過濾。
③ 萁：豆莖，曬乾後可用來燃燒。
④ 釜：鍋。

至親情

兄弟和

「萁」和「豆」是從同一棵植物的根生長出來，比喻詩人和哥哥是同父同母的親兄弟，詩人希望哥哥顧念親情，不要兄弟相殘。兄弟姐妹有時會爭執不和，但大家是一家人，應該和睦相處，互相遷就和幫助。

詩人李白要離開桃花潭，
正當他要乘船出發時，
突然岸上傳來送別歌聲，
原來好朋友汪倫趕來送行啊！

贈汪倫

李白

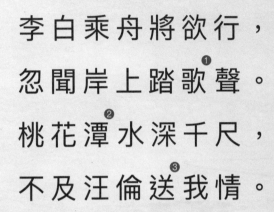

李白乘舟將欲行，
忽聞岸上踏歌聲。
桃花潭水深千尺，
不及汪倫送我情。

❶ 踏歌：唐代民間流行的一種歌舞，邊走邊唱歌。
❷ 桃花潭：在今安徽省涇縣西南。
❸ 送：送別。

好友情

送別一刻

汪倫載歌載舞送別詩人，表達對他的祝福。詩人看到又驚喜又感動，深深感受到汪倫的拳拳盛意，說桃花潭的水也不及汪倫的情誼深厚。假如你要送別親友，你會怎樣送別他們？又會怎樣與他們保持聯絡呢？

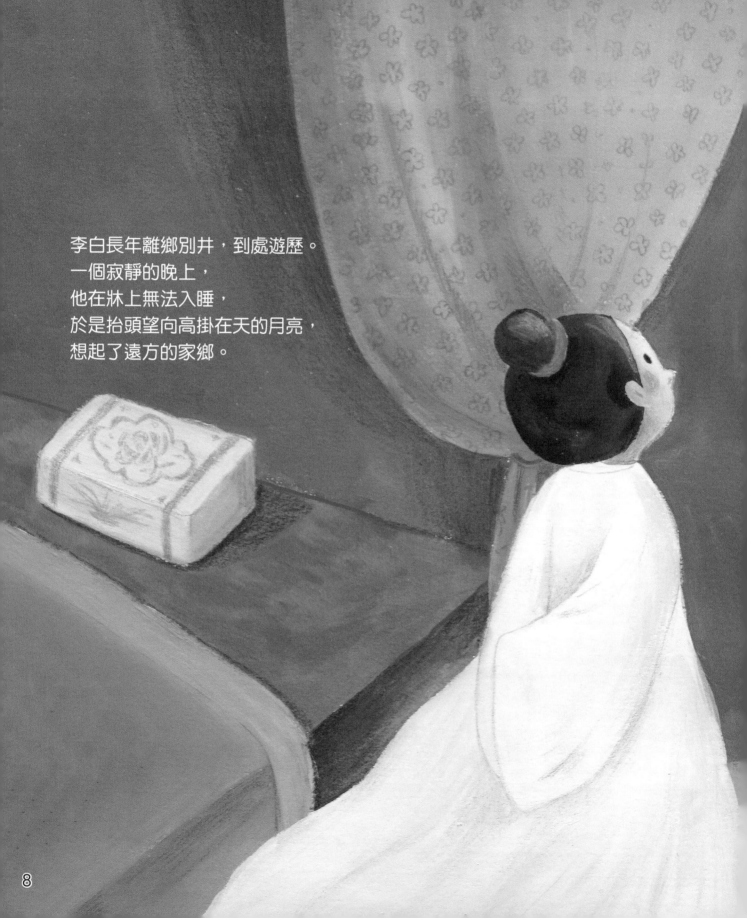

李白長年離鄉別井，到處遊歷。
一個寂靜的晚上，
他在牀上無法入睡，
於是抬頭望向高掛在天的月亮，
想起了遠方的家鄉。

靜夜思

李白

牀前明月光，
疑是地上霜。
舉頭望明月，
低頭思故鄉。

❶疑：懷疑。

憶我故鄉

詩人離開故鄉後，常常懷念以前生活過的地方，那裏有他的親友，也有很多美好的回憶。古代詩人很喜歡寫月亮，因為月亮代表團圓，能夠表達對故鄉和親友的懷念。不知你望着月亮時，又會想起甚麼呢？

鄉土人情

詩人賀知章三十多歲離開家鄉，
八十多歲才回去。
回到家鄉，一羣小孩子好奇地圍着他，
問他到底從哪裏來。

回鄉偶書[1]

賀知章

少小離家老大回，
鄉音無改鬢毛[2]衰[3]。
兒童相見不相識，
笑問客從何處來？

1 偶書：隨意書寫下來。多作為詩題或文章名。
2 鬢毛：臉頰兩旁近耳朵的頭髮。
3 衰：減少，形容鬢髮稀疏。

鄉土人情

老大回鄉

詩人離開家鄉時還是少年人，回去時已經變成老年人，家鄉的孩子都不認識他，這讓他感到既陌生又感慨！當你離開了一個熟悉的地方，但回去時它不再是原來的樣子，也沒有人認識你，你會有甚麼感受呢？

詩人李紳看見農夫在烈日當空下辛勤耕種，
農夫的汗水滴落到禾苗下面的泥土上，
讓詩人深深感悟到，食物得來不易！

憫農[1]（其二）

李紳

鋤禾日當午，

汗滴禾下土。

誰知盤中飧[2]，

粒粒皆辛苦？

[1] 憫：同情。
[2] 飧：熟食，這裏指煮熟的米飯。

惜物憫人

鄉土人情

吃飯的時候，你有沒有想過米飯是從哪裏來的？這首詩告訴我們，農夫在猛烈的陽光下辛勤地種植稻米給人們吃，每一粒飯都得來不易。詩人十分同情農民的辛勞，也提醒我們要珍惜食物，感謝農夫的付出。

詩人王維離鄉日久，很記掛親人。
某天遇上從故鄉來的朋友，
急切地追問他鄉間的情況。

雜詩（其二）

王維

君自故鄉來，

應知故鄉事。

來日[●]綺窗[●]前，

寒梅着花[●]未？

● 來日：來的時候。
● 綺窗：雕飾精美的窗子。
● 着花：開花。

鄉土人情

故鄉風物

短短的詩歌裏，詩人連續兩次提到「故鄉」，可見他多麼思念家鄉！有趣的是，詩人忽然想起的是家鄉的梅花。這株梅花雖然平常，但對詩人來說可能別具意義，蘊含一些難忘的回憶呢！

王翰是出色的邊塞詩人。
這首詩把將士要隨時隨地上戰場的心情，
生動地寫出來，令人傷感！

涼州詞 [1]

王翰

葡萄美酒夜光杯[2]，

欲飲琵琶馬上催。

醉臥沙場君莫笑，

古來征戰幾人回？

❶ 涼州詞：又稱《涼州曲》，是歌唱涼州一帶的歌曲。
❷ 夜光杯：用白玉製造的酒杯。

軍旅生活

將士拿着精美的酒杯，喝着葡萄美酒。忽然傳來急促的琵琶聲，催促他們上戰場。古代戰士要到荒蕪的邊境守關，有時還要上戰場對抗敵人，以保家衞國。他們離開家鄉後久久不能與親友相見，也不知道能否活着回去，你能想像他們的心情會是怎樣的嗎？

詩人杜牧在清明節去郊遊，
當時春雨紛紛，倍添憂愁。
路上遇到牧牛小童，
就問他哪裏有歇腳的酒家。

清明

杜 牧

清明時節雨紛紛，
路上行人欲斷魂。[1]
借問酒家何處有，
牧童遙指杏花村。[2]

[1] 斷魂：形容人非常傷心，好像失去了魂魄。
[2] 杏花村：杏花深處的村莊。

清明念祖先
清明時節，天空下着毛毛細雨，前往掃墓的路人看起來很傷心，可能他們想起了過世的親人。清明節是掃墓的日子，以表現對祖先的尊敬及離世親人的懷念，也能讓家族成員聚首一堂，把孝道和親情傳承下去。

詩人王維年輕時在外地生活，
每逢重陽佳節，都會想起故鄉的兄弟。
詩人想：他們在重陽節登高時，
會否記起少了我一個呢？

九月九日[1]憶山東[2]兄弟

王維

獨在異鄉[3]為異客[4]，

每逢佳節倍思親。

遙知兄弟登高處，

遍插茱萸[5]少一人。

❶ 九月九日：即重陽節，有登高的習俗。
❷ 山東：指王維家鄉蒲州，在華山之東，故稱山東。
❸ 異鄉：他鄉。
❹ 異客：飄泊他鄉的人。
❺ 茱萸：一種有香氣的植物。古人在重陽節會把茱萸插在頭上，據
　 說可以辟邪。

佳節思親情

重陽思鄉親
節日是親人團聚的好日子，詩人卻獨自一個人，看着別人高高興興地慶祝。他感到特別寂寞，更加思念親友。詩中「每逢佳節倍思親」坦率地說出遊子的心聲，成為千古名句。

詩人點滴

孟郊（公元 751 － 814）

- 字東野。唐代詩人。
- 小時候生活清苦，四十六歲中進士。
- 詩歌多寫民間苦難，有「詩囚」之稱。

曹植（公元 192 － 232）

- 字子健。三國時期的詩人。
- 與父親曹操、哥哥曹丕，合稱「三曹」。
- 才華出眾，情感豐富，世人稱讚他「才高八斗」。

李白（公元 701 － 762）

- 字太白，號青蓮居士。唐代詩人。
- 詩歌想像豐富，感情強烈奔放，被譽為「詩仙」、「謫仙人」。
- 性格豪邁，喜愛遊歷、結交朋友。

賀知章（公元 659 － 744 ？）

- 字季真，號石窗，晚年自號四明狂客。唐代詩人。
- 詩歌清新、高雅脫俗。
- 性格坦率，好飲酒，與李白等八人合稱「酒中八仙」。

李紳（公元 772 – 846）

- 字公垂。唐代詩人。
- 有政治抱負，官至宰相，可惜仕途不順。
- 與元稹、白居易提倡「新樂府運動」，詩歌通俗易懂，內容深遠。

王維（公元 701 – 761）

- 字摩詰。唐代詩人。
- 年少時已多才多藝，精通書法、繪畫、音樂、詩歌。
- 因信奉佛教，詩文蘊含佛理禪機，故有「詩佛」之稱。

王翰（生卒年不詳）

- 字子羽。唐代詩人。
- 性格豪放不羈，曾中進士。
- 擅長寫邊塞詩，詩中多壯麗之詞。

杜牧（公元 803 – 852）

- 字牧之，號樊川居士。唐代詩人。
- 出身豪族，曾任大官，有遠大的抱負。
- 詩歌在寫景抒情、詠史懷古上都十分出色。

鳴謝

顧問：羅秀珍老師

聲輝粵劇推廣協會
藝術總監：楊劍華先生

聲輝粵劇推廣協會
學員（粵語朗讀）

上海市匯師小學學生（普通話朗讀）

金樂琴

利文喆

蔣卓婷

鍾天睿

鄧振鋒

李皓晴

謝覺心